KB252597

누가 나를 자꾸 없다고 한다

이화은 시집

서정시학 시인선 236

서정시학

객짓밥이 유난히 시린 날은
집에 가고 싶었다
집에 가자 집에 가자
이 말을 두텁게 덥고 잠들곤 했다

—「집에 가자」에서

서정시학 시인선 236

누가 나를 자꾸 없다고 한다

이화은 시집

서정시학

시인의 말

양재천 돌계단에 봄볕이 모여 앉아
킬킬거리며 놀고 있다

나도 내시도 함께 어울려
한나절 놀고 싶은데

인생이 저들처럼 킬킬거리며
놀다가는 거였으면 좋겠다

차례

3부

1부

등 굽은 시

시집을 읽다가 문득 읽는다
태풍이 때리고 간 이튿날 아침
사과나무 밑에서 낙과를 줍던
어머니의 굽은 등이 시였다고
아주 먼 훗날 비로소 읽는다
다시 읽어도 눈이 아픈 시
눈물이 아픈 시
어머니가 쓰신 그 한 편의 시에
나는 아직 한 걸음도 닿지 못했다
한 번 읽고 덮는 시
읽고 돌아서면 잊히는 내 시들을
먼 세월 저쪽에서
어머니 굽은 등이 줍고 계신다
어머니 낙과는 돈이 안돼요
소리쳐도
돌아보지 않으신다 어머니

집에 가자

우는 아이에게 집에 가자고 하면 뚝 울음을 그친다
집은 울지 않아도 되는 곳인 줄 아이는 알았을까

전학해 온 지 한 달 된 학교
앞에 놓은 시험지는 깜깜하고 깊었다
심해 물고기들이 유유히 헤엄쳐 다니고 있었다

집에 가고 싶었다

빈 시험지 위에 뚝뚝 떨어지는 눈물을 한참이나 바라
보던 선생님이
그래 눈물만 한 답은 없지

내시는 아직도 눈물만 한 답을 얻지 못해 헤매고 또
헤맨다

객짓밥이 유난히 시린 날은 집에 가고 싶었다
집에 가자 집에 가자
이 말을 두텁게 덥고 잠들곤 했다

신접살림 집에 딸을 두고 돌아서며 어머니는 몇 번이나
이제는 여기가 네 집이다 못을 박았다
그래도 나는 자주 집에 가고 싶었다
우는 아이 손을 잡고 집에 가자 달래면서도
나도 내 집에 가고 싶었다

어머니 돌아가실 즈음
혼미한 중에도 입술만 가만가만 집에 가자 하신다
우리들의 집이었던 어머니도 집에 가고 싶으셨구나

커켜히 쌓인 한 생의 울음을 뚝! 그치게 해 줄 그런 집

어머니 돌아가신 지 삼십 년
제사를 거둔다는 전갈이 왔다
어머니 이제 가고 싶은 집에 닿으신 거다

칼을 든 여자

무를 잘랐는데
속이 없다
무 속에 무가 없다

복잡하다

뭇국을 끓여야 하는데
물은 끓고 있는데

도마 앞에 아득히 서 있는
나는 칼을 든 여자

썩은 무를 두 번 자를 이유가 없어
아무것도 할 일이 없는 여자

썩었다와 속았다 사이에서
별의별 생각을 다 하는

생각만으로는 뭇국을 끓일 수 없는데

무는 썩었고 물은 끓고
습관처럼 저녁은 오고 있는데

나는 다만 칼을 든 아득한 여자

웃음을 의심하다

길에서 우연히 만난 옛 이웃이
아는 듯 모르는 듯 애매하게 웃는다

곁에 선 남편의 눈짓으로
아프구나
어제 어제 어제의 어제까지 모두 잊어버린다는
그 아름다운 병에 걸렸구나

짐작한다

상어 이빨 같은 과거에게 이제 물리지 않아도 되는,
그녀의 눈 속에 평화가 가득하다

행여
피 묻은 꽃다발 하나 건져볼까 돌멩이를 던져 보았지만
어림없다 완고하다

애매한 웃음에
애매한 웃음으로 답하며 돌아서는데

그녀가 당도한 저 평화의 구역에는
정말 웃음만 있을까
웃어도 될까
웃을 수밖에 없는 어떤 까닭이 있을까
의심하고 또 의심한다

그녀가 남기고 간 흰꽃 같은 웃음이
성난 이빨처럼 나를 물어뜯는다

나는 아직 멀었다

자문자답

시인이 되지 않았다면?
폐인이 되었을 거라고 답할 것 같네요
어쩌다 운이 좋았다면
아파트 부녀 회장이라도 되었을까요
명절이면 구청에서 보내온 사과 박스나
한 되짜리 정종병에 기뻐하며 아마
지금 보다 좀 바쁘게 살았겠지요
가끔 무슨 회의에도 참석해야 하니까요
우리 엄마가 그렇게 사는 모습이
참 보기 좋았거던요
근데 웬 폐인이냐구요
아시겠지만
시인과 폐인은 깻잎 한 장 차이죠
아슬아슬 과녁을 비껴간 안타까운 화살을
깻잎이라고 해요
간 크게도 시인은
지구나 우주 그 사이 포진한 어둠
그 엄청난 과녁을 향해 시를 쏘아대지만
늘 깻잎이죠

밤낮으로 시위를 당기는 소리 천지간에 자욱한데
달도 별도 다 멀쩡해요
미농지 같은 어둠엔 실금 하나 가지 않았구요
가끔 조롱하듯 똥별이
헛손질하는 시인의 높은 이마 위에
멋진 한 획을 긋기도 하지만요
그러나 아무도 묻지 않네요
시인이 되지 않았다면?
당신이 묻지 않으니
나는 부녀회장도 폐인도 될 수 없어요
찬밥에 물 말아 깻잎 장아찌로 점심을 때우는
한없이 심심한 시인이지요

춘분

감색 반바지에 빨간 티셔츠의 여자를 찾습니다
지적 장애가 있습니다

지하철 안내 방송이 나오자 주변 사람들이 우르르 나
를 쳐다본다
빨간 티셔츠에 나는 검정색 바지인데
절반은 맞고 절반은 틀렸는데

덩달아 나도 우르르 나를 살펴본다
그러고 보니 왠지 낯설다
내가 알던 내가 아닌 것 같다

어디서 실종 되었을까

요즘 내 기억은 절반이 뭉뚝 사라지고 없다
반신불수

사람도 사랑도 추억도 치욕도
폭설에 지워진 지도처럼 새하얗다

내가 잃어버린 기억들은 어디서 나를 찾고 있는지

다음 역에 내리면 빨간 티셔츠에 감색 반바지를 입은
내 기억이
서 있을 것 같은데 덥석 만날 것 같은데

우리는 바지만 바꿔 입고 또 다시 철길을 달려가며
잃어버린 절반을 찾아 끝없이 안내 방송을 할 것 같
은데

기이한 오후

노시인과 마주 앉아 차를 마시는데
마당에서 개가 짖었다

꽃이 지네

내다보지도 않고 시인은 꽃이 진다고 한다

꽃이 진다고 짖는 개와
개가 짖을 때마다 지는 꽃잎을 조문하는
그들의 기이한 오후는 오후 내내 반복되었다

늙은 시인과 늙은 개와 늙은 목련이 살던 집

시인이 가고 개가 가고
목련은 지금 가고 있는 중이다

목련이 마지막 가는 길에 목련은
스스로 흰꽃을 제 발등에 뿌린다

시인은 시를 밟고 가고
꽃은 꽃을 밟고 가고

시인도 없고 꽃도 없는
먼 오후에 앉아 차를 마신다

먼 것들이 가까이 보이는 그런 나이가 되었다

없는 사람

소파에 소파처럼 눕는다
TV 앞에서 TV처럼 종일 TV를 본다
장롱 앞에 장롱처럼 앉아 멍하니 한나절을 보낸다

가끔 가구가 되어보다가 요즘 자주 가구가 되는 중이다

가구의 무표정과 가구의 평화를 닮아가는 중이다

누군가 지나가다가 오래 켜져 있는 나를 말없이 끄고
간다
소파인 줄 알고 내 위에 털썩 앉기도 한다
덜컹 문을 열었다 닫았다 내 안에서 무언가 꺼내가기
도 하는데

이때 가구는 일체의 질문을 하지 말아야 한다
아프다고 비명을 질러서도 안된다
가구는 철저히 가구다워야 한다

가끔 가구들이 사람처럼 얼굴을 찡그리거나 말을 걸
기도 하는데

그럴 땐 쉿!
바람직한 가구의 자세를 일깨워주곤 한다

이 집안에서 요즘 내가 가장 TV답고
가장 소파답다
장롱은 벌써 알고 있다 내가 이미 장롱인 줄을

졌다

밤 열 시가 넘었는데
어둑한 골목길을 터덜터덜 혼자 걸어오는 남자
영락없는 패잔병이다

스치고 몇 걸음 지나가다 돌아본다
저 남자의 눈에도 내가 그리 보였을까
기울어진 어깨의 각도를 아는 사람은 안다

늙은 골목은 입을 다물고 다시 표정이 없다

오늘도 수없이 졌다

당신에게 졌다
당신들에게 졌다
시에게 졌다
뉴스에게 졌다
미래에게 완패했다

지는데도 기술이 필요하다

상대에게 완벽한 승리를 안겨줄수록
완벽한 패배의 씁쓸하고 달콤한 맛을 얻을 수 있다는데

늘 지는 사람끼리는 서로 알아보고 교감하지만
흔한 일은 아니다
그 남자도 아마 그런 사람 중의 하나일지도

패敗의 패貝를 취미로 모으는 사람이 있다는데
나도 피 묻지 않은 패배의 패 하나쯤 간직하고 싶다

국경에서

오래 아프던 어깨가 웬만해지니 어리둥절할 일이 없다
아픈 것도 일이었구나

멀뚱멀뚱 천장에 전구 하나가 빠진 게 보인다
오래전에 빠진 듯
오래전에 빠진 이빨처럼 구멍이 메워졌다

벽시계의 분침이 죽었다
죽으면서도 유언처럼 굳이 가리키는 저기 저 방향
빈 벽뿐인데
유일하게 이 집안에서 아무것도 걸려있지 않은 홀로
빈 벽인데

추레한 벽지를 걸치고 벽은 혼자서 면벽하고 있었던
걸까
오늘따라 표정이 근엄하다

어깨가 아픈 동안 베란다에 새로 산 작은 화분 두 개
가 죽었다

비 오는 날 리어커에서 급히 사느라 이름도 물어보지
못했는데

세 분의 시인이 돌아가셨다 한다

전장에서 막 돌아온 병사처럼 이곳이 낯설다
아픈 어깨가 통치하던 그쪽과
화분과 시인과 분침이 죽은 이쪽, 국경은 늘 혼란스
럽다

열린 문 열기

말끔한 회색 양복 중절모자가 문 앞에서
push push push
연달아 누른다

힘주어 눌러도 문은 열리지 않는다
홀 안의 사람들이 딱하다는 듯 모두 쳐다본다

push push push

손길이 더 빨라진다
그러나 이미 열린 문은 두 번 열리지 않는다

투명 탓이다
거기 투명 문이 있다고 믿은 탓이다
회색 양복 중절모자가 슬퍼 보인다

일 년에 800만 마리의 야생 새 떼가
투명 유리 빌딩에 부딪혀 죽는다
거기 투명이 없다고 믿은 탓이다

투명은 어떤 기척이나 힌트도 없이 다만 투명할 뿐
사람들은 투명을 의심하지 않는다

회색 양복 중절모자가 보이지 않는다
슬픔은 사람을 희석한다

슬픔에 슬픔이 덧칠해져 희미해지다가
마침내 투명해졌을 것이다

열린 문이 더욱 슬퍼 보인다

회색 양복 중절모자가 어디선가
push push push
슬픔을 누르고 있는지도 모르겠다

한 문장

-무엇을 도와 드릴까요-

낡은 3층 건물 3층 꼭대기
칠이 벗겨진 번호를 간신히 이어 맞춰 전화를 건다
무엇이든 다 해결해 드립니다
특히 사람 찾는 일이 전문이라고

누굴 찾을까
책상 밑에 떨어진 볼펜을 줍듯
찾고 싶은 사람 꼭 집어 불쑥 내놓을 것 같은데

허름한 간판의 도움을 받아
꼭 찾아야 할 사람이 있긴 있는 건지
나는 또 누가 풀어야 할 간절한 문제인지
낡은 불빛 아래 낡은 여자가 낡은 시간을 뒤적이고
있다

1인용 외투를 입고 1인용 모자를 쓴 1인들의 거리에
저 털장갑 같은 한 문장

한 문장 앞에 멈춘 이 고단한 여자는

-무거운 짐 진 자들아 다 내게로 오라
내가 너희를 편히 쉬게 하리라-

고물상 시멘트 담벼락에
붉은 페인트로 갈겨 쓴 또 한 문장
그 앞에 서서 아픈 아이를 등에 업고 울던 그 여자인가

고물상에서 3층 건물 3층까지
그 한 문장에서 이 한 문장까지 몇 생을 걸어온 건가

혹한이 건달처럼 여자의 등을 밀치고 가네

2월

멀리 버드나무에 새빛이 돈다

당신이 패딩 코트의 앞섶을 아무리 찬찬히 여미어도
봄이라는 도둑이 이미 잠입한 것이다

도둑이 들었다가 그냥 나가는 법은 없으니
우리는 또 무언가 잃을 것이고

그러나 꽃을 잃지 않기 위해
백목련 밑동을 자르는 사람은 없다

전부를 잃지 않기 위해
조심조심
까치발로 한 계절을 건너갈 뿐이다

활활

당신은 뛰어오고 나는 뛰어가는데
하필이면 길 한복판에서 딱 마주쳤는데
부딪힐 뻔했는데
다행히 부딪히지 않았는데
눈은 얻다 두고 다니는 거야
버럭 목청을 높인다
당신 눈은 얻다 두고 다니는데?
되묻고 싶은데 참는다
또 참는다
저런 담벼락 기어오르면 뭐 하나
애써 참고 뛰어가는데 코에서 화근내가 난다
어디 불이 붙은 거야
활활, 사람들이 흠칫 비켜간다
이래서 꽃이 피나 봐
진달래도 철쭉도 활활 피어버리나 봐
놀란 봄비가 한바탕 쏟아지나 봐
그래서 또 꽃이 지나 봐
가는 봄 오는 봄이 뛰어오다가 뛰어가다가
하마터면 부딪힐 뻔하다가
버럭 눈 흘기고 돌아서다가

사랑이 왔다간 자리에서 입을 가리고 웃는다

커피를 지독히 사랑한 죄로
하얗게 가지런한 웃음을 잃었다
변색한 세월을 숨기기 위해
손으로 입을 가리거나 고개를 숙이고 웃어야 했다

그 겨울 아가베는 결국 목을 꺾었다
물을 너무 많이 준 탓이라고 한다
많이 주는 게 사랑인 줄 알았다

사랑해선 안 될 사람을 사랑했던 그녀는 지금
식당 주방에서 얼어 터진 손으로 불판을 닦는다
닦고 또 닦는다
사랑 때문에 모든 걸 잃었다고 사람들은 말한다

정의正義의 정의를 사랑했는데 친구를 잃었다
또 다른 정의가 있는 줄 그때는 몰랐다

하마터면 원수를 사랑할 뻔했다
새벽을 사랑한 탓이다

새벽미사를 사랑한 탓이다
오래 동거하던 유다를 잃을뻔 했다

잠을 유난히 사랑한 탓에 많은 시험을 잃었지만
이젠 사랑할 잠이 없다
잠이 내게 오질 않는다

누가 사랑하다 떠난 집인지 담장이 허물어진 마당에
하얀 망초꽃이 가지런히 웃고 있다

상도동

내 어머니의 외로움이 구십까지 살던 곳

고향을 떠나 스무 해 동안 타향의 칼맛을 살을 저며
새겨준 곳

이 핑계 저 핑계 자주 찾지 않는 딸년이 그리움에서
미움으로 바뀐 곳

내가 얼음을 낳았지
사철 겨울인 아들과 묵언 동거하던 곳

외로움이 외로움에 지쳐 치매와 친해진 곳

상도동 밖으로는 한 걸음도 나가지 못한 첩첩산중 상
도동 속의 상도동

앰뷸런스 한 대 좁은 골목길 급하게 빠져나가고

애써 봉인한 기억을 열면 지금도 앰뷸런스 사이렌 소리
피울음으로 쏟아지는 곳

2부

11월

귀걸이를 뗐다
목걸이도 뗐다

왼손 약지에 반지 자국이
꽃 진 자리처럼 희미하게 걸려있다

만추의 과일들처럼
주렁주렁 익어가던 장신구들이 모두 사라졌다

가볍다

녹음이 가고 단풍이 가고

꽃 없이도 목련은 목련이 되고
플라타너스는 플라타너스가 되었다

누가 자꾸 내 이름을 부른다
돌아보면 아무도 없는데

난청의 계절

한쪽 귀를 닫은 당신은 반 만 듣는다
한 문장을 채우려고 나는 두 번 말해야 한다

당신의 귓전에 닿기 위해
주어와 술어가 다른 기차를 타야 하지만
늘 연착을 탓하는 당신

제때 당도하지 못한 토막 난 문장들이
유령처럼 집안을 떠돌기도 하는데

그리고, 그래서, 그런데, 들이
청소기 거름망 속에 수북이 쌓인 날은
노을이 피칠갑처럼 붉은 날이다

그런 날은
귀먹은 슬픔이 무작정 밀고 들어오는 날이다

슬픔은 두 번 말하지 않아도 늘 제때 도착한다

저 막무가내 불량배들도
한쪽 귀의 적막을 열지 못한다

시인 아가베

늙은 수도사처럼 굽은 등이 엄숙하다

식사는 한 달에 한 번
지극히 절제된 일상이다

겉잎을 떨구어 내고
속잎을 피워 올리고
이 지루한 반복을 십수 년 지속하고 있다

묵언 수행이다
노동이고 집필이다

똑같은 시를 쓰고 또 쓰는
어느 시인과 닮았다
꽃은 언제 피나요?
내가 묻는다

꽃은 언제 피나요?
그가 내게 묻는다

잎은 꽃이 될 수 없는데
시는 꽃이 될 수 없는데

그래도 우리는 가끔 마주 보고 묻는다

그와 나 사이에 적막이 만발이다
적막만이 유일한 꽃이다

어제 일기 예보

어제가 오늘의 과거라면
오늘은 어제의 미래였겠다
그런데 내가 만난 미래는
푸르지도 벅차지도 두근거리지도 않아
비는 종일 구질구질 내리고
빗물을 한 바가지 퍼부어주고
검은 자동차는 검은 쪽으로 사라지고
절반이 젖었다
절반의 감정이 젖었다
절반의 미래가 젖어 버렸다
성한 반쪽으로 터덜터덜 돌아온다
귀가는 언제나 빈집이지만
빈집은 빈집에 들어야 비로소 안심이다
빈집은 늘 공복인데
빈집은 늘 피곤한데
젖은 반쪽이 움직이질 않는다
네모에 네모가 들어간 듯
옴짝달싹할 수가 없다
째깍째깍째깍째깍

주삿바늘 같은 초침으로는
어두워 오는 과거를 막을 수가 없다
과거의 그림자가 덮치기 전에
젖은 절반을 말려야 하는데
비는 그칠 생각을 않고
어제 어제 먼 어제까지 비가 내리겠다

다만 백신 이야기

파스타 한 접시를 대충 비우고
애인은 일어섰어요
오는 길에 백신을 맞았더니 오슬오슬 한기가 든다나요

내 접시에 아직 남아 있는 파스타 몇 올이
목욕탕 바닥에 누운 머리카락처럼 추워 보여요

내가 이미 당신의 병이 아님을 알고 있지만
고열도 응급실도 없이
처음 걸고 나온 목걸이를 슬쩍 쉐타 속으로 숨겼어요

당신의 두꺼운 코트 자락에 펄럭
식탁 위 앉은뱅이 촛불이 꺼졌어요

괜찮아요
촛불은 이미 아무 의미도 상징도 아니니까요
다만 장식일 뿐이죠

짧은 인사를

정오의 햇볕 속에서 교환하고 돌아오는 길
또 다시 무슨 소식을 기다리는 사람처럼 핸드폰을 열
어요

백신을 꼭 맞아야 한다고
식은 애인 같은 국가가 보채네요

아무것도 예방하고 싶지 않던 위험한 시절은
아주 멀리 흘러가 버렸나 봐요

근데 왜 자꾸 배가 고프죠
시도 때도 없이 찾아오는 눈치 없는 허기를 예방하는
그런 백신 어디 없을까요

귀여운 여자

귀엽다는 말이
좋아한다는 말인 줄 알았다

귀엽다는 말이
사랑한다는 말인 줄 알았다

귀엽다는 말이
결혼하자는 말인 줄 알았다

애인은 아메리카노처럼 섹시한 여자와 결혼했고
나는 귀여운 물방울 원피스를 입고 애인의 결혼식엘
갔다

웃지 않는 여자는 귀엽지 않았다
춤추지 않는 여자는 귀엽지 않았다
꿈꾸지 않는 여자는 귀엽지 않았다

어느 낡고 스산한 겨울 우연히 정말 우연히
애인과 마주쳤다

로맨틱한 예고 같은 첫눈도 없이
악수를 나누고 안부를 나누고
아무 일도 없었던 것처럼 아무 사이도 아니었던 것처럼

귀여운 얼굴은 옛날 그대로네
오, 저 귀여운 저주가 아직도 내 뒤를 졸졸 따라다니
고 있었다니

귀엽다는 말이
커피나 한 잔 하자는 말인 줄 아주 오래 걸려 눈치 챘
지만
그날 커피는 마시지 않았다

한식

다 쓴 화장품통을 버린다, 버리려다
뚜껑을 닫은 채 버릴까 뚜껑과 통을 분리해 버려야
하나
한참 생각한다

가족묘지에 자리를 미리 정해야 한다고
부부합장인지 따로인지 묻는다

뚜껑을 닫은 채 버릴까
분리해 버릴까 묻는 거다

가족이라는 뚜껑과
합장이라는 뚜껑을 겹겹 닫으면
내 살과 뼈가 온전히 멸할 수 있을까

죽음 곁에서도 희희낙락 피고 지는
개나리 진달래 다 잊을 수 있을까

화장품 빈 통의 주인이 이미 화장품 빈 통이 아니듯

내 살과 뼈의 주인이 내가 아닌 계절로 들어선다

한식에 무덤을 손보면 동티가 나지 않는다고

예방은 좋은 거지만
지금 저들은 미래의 나를 예방하고 있는 거다

불이 없는 날
더운밥을 삼켜도 한기가 든다

맥없이 웃는다

잠결에 언뜻 지나가는 시 한 줄을 불러 세우기 위해
불을 켠다 몰래 켠다

행여 식구들이 불빛에 깰라 조심조심
무슨 대단한 문학작품이라도 쓴다고
눈치는 불빛보다 강렬하지

숨어서 미사를 보던 순교자들을 생각하고
흐흐 맥없이 웃는다
멀쩡히 살아서 박해를 그리워하나

어둠을 쓰고 담장을 넘는 도둑을 생각한다

내 시는 순교보다는 도둑에 가깝다고
신부님께 고백한 적 있지만
신부님도 흐흐 맥없이 웃었다

치열한 전투에서 얻은 전리품이 아니라
신의 곳간에서 집어 온 장물이라고

이렇게 말하기엔 또 내 시에게 너무 미안하다

내일 아침을 위해 이제 잠을 자야 한다
도둑과 순교자가 한 이불을 덮고 잠을 청한다

내가 당신을 포기할 수 없는 이유

명예가 없는 자가 명예를 포기할 수는 없다
이미 죽은 자가 목숨을 포기할 수 없듯이

재물을 탐할 수는 있지만
재물이 없는 자가 재물을 포기할 수는 없다

포기란
가진 자의 특권이며 향유이다

패러디에 기대어 잠들다

한 사흘 밤낮을 깨지 않고 푹 자봤으면
자고 나면 이 또한 지나갔을까
아니 석 달은 자야겠지
삼 년은 자야겠다
삼 년이 눈 깜빡할 사이라는데
삼십 년은 자야겠다
그러면 이 또한 지나갔을까
질긴 이 또한이 아직도 서성인다면
삼백 개의 알약을 준비하고
그러면 잠든 채 삼백 년을 훌쩍 건너갈 수 있겠지
그러나 그러나
삼백 년 그 긴긴 길 위에서
이 또한과 우연히 마주친다면
나머지 알약을 황급히 털어 넣고 꿈속으로 도망쳐야지
꿈속에는 잠이 지천 이래잖아
은하처럼 하늘에서 쏟아진대잖아
아무 데나 누워 잠든 사람들로 거리엔 발 디딜 틈 없
다는데
그 틈에 끼어 나도 자야지

울어본 사람은 울음을 안다

얇은 미닫이문을 사이에 둔 옆방에서
누가 빈 소주병을 분다 빈 병이 운다 덩굴식물처럼
무슨 울음이 저리 질긴가

낮고도 깊은 울음 속으로 술을 들이붓고 빈 병은
그 사람 대신 울고 있는지

모로 쓰러진 소주병처럼 밤 열두 시가 위험하다
아니 열두 시 일 분 전이 위험하다
일 분이 지나고 삼십 초가 지나고 삼 초가 재깍재깍
재깍

어느 집 높다란 벽 위에서 시계 부랄이 제 몸을 열두
번 때리면
지뢰밭처럼 엎드려 있던 울음이 한꺼번에 터질 것 같다
빈 병의 울음을 선창으로 우리 모두 합창으로 울 것
같다

그러나 자정은 오지 않았다

세상의 부랄들은 모두 고요했고
취한 시곗바늘은 열두 시를 훌쩍 건너뛰어 열두 시
일 분에 도착했다

아무도 신데렐라가 되지 못했다, 다만
울고 싶은 사람과
울고 싶은 술병들이 모여 앉아 속을 비웠을 뿐이다

슬픈 노래는 늘 그렇게 말하네

나 그대에게 물어볼 말 있네
슬픈 노래처럼

왜 그랬는지
꼭 그랬어야 했는지

질문은 노래가 되지 못하고 입 안에서 맴도네
단물처럼 우울이 가득 고이네

내 질문은 그대를 힘들게 하고
그대의 대답은 나를 아프게 할 것이니

가을은 끝내 모르는 체
잎을 떨구네

질문에는 대답이 약이라는
의사의 처방을 구겨 쥐고 거리로 나서네

사람들이 하염없이 흘러가네

온몸이 물음표로 가득해도
나는 묻지 않을 거네

너무 늦었다고
슬픈 노래들은 다 그렇게 말하네

껍질論

엄마 이게 뭐야
응 그건 매미 껍질이란다

산책길의 한 풍경인 어린 딸과 엄마의 대화를
우연히 흘려들었을 뿐인데

그뿐인데, 매미 껍질이 자꾸 따라온다
껍질을 벗어 놓고 매미는 어디로 갔을까

여름 내내 느티에 수양버들에
주렁주렁 매달려 있던 뜨거운 울음을 생각한다
애써 껍질을 벗어 놓고 목 놓아 울기만 하던

내가 벗어 놓고 온 고향도 껍질이라면
초가집도 탱자나무 울타리도
해마다 아이 하나씩 데려가던 토산못도 사과밭도
다 껍질이라면

그것들을 벗어 놓고 이 객지로 흘러들어 와

주렁주렁 울고 있다면

추억이라고 달콤하게 말하지 말자
매미는 허물을 벗기 위해 땅속에서 14년을 버텼다고
곤충도감처럼 말하지 말자

껍질만 남은 여름이
매미 껍질에게 온갖 이유와 변명과 풍경을 다 맡겨놓고

세월 이기는 장사 없다는
저 노인은 누구의 껍질인가

그들이 내 얼굴에 침을 뱉었다

　-야곱은 밤새도록 하느님과 씨름하여 동틀녘 결국 신
의 축복을 받아냈다는데

　밤마다 내게 싸움을 거는 저 작자 지금 하느님 흉내
를 내고 있는 거다 나도 그 자를 알고
　그 자도 내 속을 꿰뚫고 있으니 뻔한 결말을 두고 지
루한 싸움을 되풀이하고 싶지 않는데
　그는 그런 나를 가만 내버려 두지 못한다

　조급함이 그 자의 최대 약점이다 잠자는 시간에 편히
잠자는 내 꼴을 보지 못한다
　벌떡 일어나 그 자의 샅바를 잡는 순간 이미 나는 지
는 것이다
　그러나 저열하고 비겁한 방식에는 나도 더 이상 인내
하지 못하니

　공들인 내 시에 허접한 관념어들을 함부로 방목하여
난장을 만든다거나
　느닷없이 죽은 연애의 기억을 몰고 와 무념무상 아침
차의 첫 잔을 소태로 만든다거나

늙은 선풍기의 모가지를 비틀어 딸깍딸깍 온 집안을
소음으로 가득 채우거나

눈에는 눈 이에는 이

리모컨을 움켜쥐고 손가락만 까닥까닥 막장 재방송
을 보고 또 보고
소파에 단물 빠진 껌딱지처럼 딱 들러붙어 졸다 깨다
졸다 깨다
설핏 해가 기운다 하루가 기운다 한 계절이 기운다
한 생이 그렇게 기울어 갈 것이다

냠냠 잘 잡아먹었다 시간이라는 징한 짐승
시곗바늘이 원형 경기장 같은 문자판을 지친 듯 돌아
가며 카악! 침을 뱉었다
神이 내 얼굴에 침을 뱉었다

시간을 달라고 하셨나요

어떤 시간을 드릴까요 요즘 남아도는 게 시간이니
안방엔 아침 일곱 시가 아직도 이불속에서 꼼지락대
고 있구요
잠옷을 입은 채 현관에서
신문을 줍는 시간의 얼굴이 부스스 하네요
토막토막 칼질한 시간이 부엌 도마 위에 나란해요
TV를 켜 놓은 채
거실에 혼자 앉은 11시가 녹차를 마시고 있어요
녹차의 첫잔은 언제나 향긋하고 정갈해요
희고 깨끗한 어떤 이마를 생각해요
아 베란다에 저물녘의 뒷모습이 후줄근 하네요
언제부턴가 멍하니 창밖을 내다보고 있어요
저러다 훌쩍 난간을 뛰어 넘어 훨훨
허공 속으로 날아가는 건 아니겠지요
허공과 친한 뒷모습은 늘 저렇듯 쓸쓸해 보였거던요
그러나 가장 나를 닮은 시간은 따로 있어요
중고상의 선택 받지 못한 헌가구들처럼
시가 되지 못한 시어들이 그 불완전한 시간들이
낡은 공책 속에 수두룩해요

직설적이고 원색적이라서 운율이 안 맞아서 애매모
호해서
　다시 말하면 깎고 다듬은 미인이 아니라서
　버림받은 시간들이 저들 끼리 놀고 있어요
　그들만의 댄스는 화려해요
　이런게 문학이지 인생이지 중얼거리며
　나도 그들과 어울려 한바탕 흔들어요
　비밀 창고까지 다 열어보였으니
　어떤 시간을 가질지 당신이 정하세요
　그러나 어디까지나 빌려드리는 겁니다
　아주 드릴 수도 있지만 시간을 달라는 당신의 말꼬리가
어쩐지 비릿해서요
　아 정장을 입고 모자를 쓴 시간도 이 집에 함께 살고
있지만
　지금은 출타 중이랍니다

눈물은 아픈 쪽을 안다

그동안 쌓인 한 아름 뉴스를 버린다

누덕누덕
저 폐지들을 우리는 역사라고 부른다

아무것도 이루지 못한 하루였다고
오늘 일기에 쓴다

아무것도 이루지 못한 하루에 감사하며
잠자리에 드는데
식은 눈물이 주르르 한쪽 뺨을 타고 흘러내린다

왼쪽 가슴에 잠든 저 무덤까지

화살표도 없는 길

3부

입장 入場

많이 아프신 듯
몸이 불편한 할머니 손을 할아버지가 꼭 잡고
걸어간다 한 걸음 한 걸음 아껴가며
꼭 잡았다는 말을
꼭 잠궜다로 고쳐 말한다
저 견고한 자물통을 열 수 있는 열쇠는
세상 어디에도 없을 것이다
은행나무가
면사포 같은 결 고운 단풍잎을 골라
할머니 머리 위에 소복이 얹어 준다

왕관의 무게를 견뎌라

왕이었던 자가 왕을 벗어도
왕관의 무게는 평생 벗지 못한다는데
나도 모르는 새 나도 왕이었나

목이 무거워 견딜 수가 없다
조금만 고개를 숙여도 통증이 發光한다
의사는 아무에게도 고개를 숙이지 말라는데

뻣뻣이 머리를 쳐들고 미사를 보았다
神 앞에서도 고개를 숙이지 않으니
어느 거만한 왕이 내 몸에 살다 가셨나

돌아보면 밥도 왕이었고 꽃도 왕이었다
가난도 왕이었고 청춘도 왕이었다
시도 사랑도 왕이었다

폭군이었다

나는 그들의 충직한 백성이었고 신하였고 졸개였다

빛나는 왕관의 그늘에서 대대손손
목을 꺾고 살기를 원했는데
그 왕들은 다 어디로 흘러갔을까

지금은 통증이 어설픈 왕 노릇을 한다

낭만도 품위도 권위도 없는 왕의 눈치를 보며
매일매일 반역을 꿈꾼다

희망

일종의 독극물이다

다량을 복용하면 목숨을 잃을 수도 있다

저 화려한 포장지에 아예 손대지 마라

소량이라도 후유증이 심각하다

난타

소리의 끝에 피가 묻었다
북채를 잡은 손은 보이지 않고

한 무리 바람꽃을 품어 안은
지구의 가슴이 오늘 찢긴다

미친 빗줄기 속으로
미친 울음을 숨기는 한 사람을 보았다

난독증

늙은 가위처럼 무표정한 얼굴로 그녀는 지금쯤 즐겁
게 차를 마시고 있을 것이다
그녀는 웃을 때도 표정이 없다 없는 표정으로 울기도
한다

아무도 그 얼굴에서 예감을 읽을 수가 없다
천기가 누설되어야 비가 내리고 풀이 자라는데

보안이 철저한 저 표정에게 어떤 화려한 무기도 이길
수가 없다
무표정은 그녀의 국가이고 그녀의 막강한 자산이다

무표정이 번지고 있다 빠른 속도로
우리가 열심히 겨울을 읽고 있을 때 기습적으로 봄이
왔다

줄장미의 붉은 이빨이 벌써 폭염을 씹고 있다
그녀의 무표정 때문이다

이빨을 드러낸 맹수보다 밀림의 우거진 적막이 더 무
서운 이유다

젊은 엄마의 죽음 앞에서 활짝 활짝 웃는 딸의 표정
을 읽을 수도 해석할 수도 없었다
표정에도 해설과 번역이 필요한 시대이다

한국의 베란다에서 여러 해 쉬지 않고 꽃을 피우는
서양란의 표정을 읽지 못한다

이 시대의 파수꾼들

사제로부터 예수를 지키기 위해
신자들이 새벽부터 성당 문을 두드린다

그런 시대가 왔다

배고픈 스님들이 다 팔아먹고
요즘 절집에는 부처가 없다고 한다
스님들의 식보가 유난히 크긴 하지만

정치인들로부터 국가를 지키기 위해
국민들이 하루도 빠짐없이 거리로 나선다
목이 터져라 외쳐도 정치의 귀는 열리지 않는다

아름다운 시 한 편을 지키기 위해
독자들이 오늘 밤도 불침번을 선다

배를 끌고 산으로 가는 시인들을 막아야 한다

시인들로부터 시를 지키는 일이

난해시 한 편을 해독解毒하는 일보다 더 어렵다고 한다

그런 시대가 와버렸다

냄새가 난다

마음은 백발인데
흑갈색 염색약을 정수리부터 골고루 펴 바른다

철새 한 다발을 감추고
붉은색만 덧칠하는 날마다 서쪽 하늘도 까닭이 있겠
지만

세무서 직원이 뜨는 날은 동네 아버지들이 막 익어가
는 밀주를 수채 구멍에다 쏟아 부었다 동네에 술 냄새
가 진동해도 빈 항아리에 벌금을 매길 수는 없었다

차갑게 돌아서는 당신의 등에서 솔솔 밀주 냄새가 새
어 나온다
샅샅이 속내를 뒤져 본 들 이미 텅 비었을 것이다

머리 검은 짐승이 되기 위해 우리는 스스로
머리 검은 짐승에게 돌을 던진다
이 또한 새카만 위장술이다

냄새는 어둡고 습한 날을 좋아한다
  완벽하게 감추고 싶다면 염색은 따뜻하고 밝은 날 하
는게 좋다

아버지 얼굴이 기억나지 않는다

풀 먹인 자존심을 빳빳하게 목에 두른 흰 카라의 여학생은 결코 촌티의 딸이 될 수 없었다

가을걷이 끝나고 쌀이었던가 콩자루를 무겁게 들고 상경한 아버지와 하교 길에 딱 마주쳤는데

모르는 사람처럼, 빗나간 시선의 의미를 알아 챈 아버지와 정말 모르는 사람처럼 우리는 함께, 공모하듯 모르는 사람이 되었다

불효와 죄인을 만드는데 아버지도 한몫 거들었다고 스스로 위로해 보지만

아버지 얼굴이 기억나지 않는다

애써 아버지 얼굴을 더듬어 찾아가면 콩자루 무겁게 든 늙은 구름이거나 종합병원 후문이었다 겨울 갈대밭이 모르는 척 돌아앉아 있었다

나는 결국 늙은 구름의 딸이었다 후줄근한 종합병원
후문이거나 꺾어진 갈대의 딸이었다

눈 코 입이 없는 아버지 얼굴을 물고 새떼가 자욱이
몰려가고 텅 빈 옛날 하늘에서 촌티가 줄줄 흘러내린다

수상한 시절

결실의 계절 가을이다
시 동네에도 수상 소식이 울긋불긋
만산홍엽이다

상은 좋은 거지만
소문에는 늘 가시가 박혀 있다

가시가 있어도 장미는 빛깔이 향기롭고
찔레는 향기가 어여쁜데

어떤 시는 누가 물을 줬다던가
거름을 줬다거나
가시만 무성한 이런 시 말고

외로운 바람이 읽고 가는 시
이슬이 토씨처럼 맺혀있는 시
먼 길 떠나는 길손의 걸음을 문득 멈춰 세우는
야생화 같은 시

그런 시가 저 소문의 주인공이었으면 좋겠다

노인1
― 늙어가는 일은 지독한 희극이다

평생 조연으로 살더니
드디어 주인공이 되었다

집안에서도 모임에서도
아무데를 가도 최고령이다

최고라는 말이다

주인공이 죽는 걸로 결말이 나는 연극을 보듯
관객들이 모두 주시한다

건강은 어떠세요
기색을 살핀다

언제쯤 죽어 연극이 끝이 나려나

뻔한 결말이지만 그래도 반짝
이 호황을 누려야 한다

노인 2

― 늙어가는 일은 지독한 희극이다

찾고 또 찾는다
서랍이란 서랍은 다 열어 본다
오래 입지 않던 옷 호주머니
속, 묵은 먼지 속 다 뒤진다

없다

도대체 뭘 찾는 거야?
당신의 질문이 내가 찾는 물건처럼 반짝인다

그러나 지금은 찾는 시간
그 질문에 대답할 겨를이 없다

청춘이 청춘을 찾듯
노인이 노인을 찾듯

온 집안을 쑤시고 다니는 먼지처럼
내가 가벼워진다
매캐해진다

지금 뭘 찾고 있는 거지?
내가 나를 의심한다

그런 걸 생각할 때가 아니야
지금은 다만 찾는데 골몰하는 시간

누가 나를 찾으며 자꾸 없다고 한다

노인3
— 늙어가는 일은 지독한 희극이다

아군과 적군이 모두 한 몸 안에 산다
원래는 한솥밥을 먹던 한 식구였으나
언제부턴가 좌우로 갈라섰다
내 낭만과 우울과 주량과 일급 기밀문서인
묵은 일기장까지 꿰뚫고 있는 적은
아군보다 훨씬 유리한 고지를 점하고 있다
요소마다 지뢰를 매설하거나 폭탄을 심어 놓고
결정적인 한 방을 노린다
그에 비해 아군의 숫자는 나날이 줄어들고
병사들은 하루가 다르게 늙어 간다
유기농 야채와 비싼 영양제와 신선한 공기와
헛 둘 헛 둘 군대의 근육을 키우는 데 온 힘을 쏟지만
결국은 패배할 것이다 시간은 적의 편이다
무병장수라는 사자성어 뒤에 숨어
백년고지를 쟁취하는 이도 드물게 있지만
오십보백보다
백년고지는 곧바로 그의 묘자리가 될 것이다
역사가 증인이다
아군과 적군을 좌우에 앉히고 오늘은

모처럼 경계를 풀고 매운 소주 한 잔 꺾는다
동갑내기 친구를 묻고 온 날이다

노인7
— 늙어가는 일은 지독한 희극이다

헌 신문지를 깔아 놓고 멸치똥을 까며 마주 보고 웃
는다

노부부

저 하염없는 풍경을 세월이라고 해야 하나

그냥 평화라고 하면 안되나

저녁이라고 하면 안되나

양재천 비망록

아기가 곤히 잠든 유모차를
젊은 엄마가 밀고 간다
어린 햇살이 오종종 따라나선다

꽃핀을 꽂고 꽃무늬 원피스를 입은 강아지를
유모차에 태우고
중년의 여자가 지나간다
짓궂은 바람이 여자의 반백 머리카락을 슬쩍 헝클어
본다

빈 유모차가
등이 굽은 할머니를 끌고 천천히 뚝방길을 간다
궁금증이 많은 사람들이 유모차 안을 자꾸 들여다본다

눈 깜짝할 새
봄 여름 가을 겨울이 지나갔나 봐
눈 깜짝할 새 한 생이 지나갔다고 당신은 말한다

백목련 한 닢이
백목련 한 닢의 한 생이 오래오래 날아간다

앞집 뉴스

팔순 할머니 혼자 사는 집 앞에 신문이
오래 놓여 있다 불안하다
열시 열한시
무슨 늦잠을 이리 주무시는지
벨을 누르고 싶어진다
벨을 눌러서 뭐라고 말할 것인가
식기 전에 따끈한 뉴스 빨리 드시라고
요즘 뉴스 도둑도 있으니 얼른 들여 놓으시라고
핑계에 핑계를 덧대어 봐도
기운 자국이 어설프다
들락날락
일부러 내 집 현관문을 쿵 닫아도 보는 사이
집 앞의 신문이 없어지고,
신문의 부재가 어렵게
저 할머니의 안녕을 입증해준다
외갓집 석류나무가 깜깜 문을 닫은 해
외할머니가 돌아가셨고, 그때처럼
모든 꽃 피는 나무가 꽃 피지 않는 봄이 올까봐
세상의 모든 외할머니들이 한꺼번에 다

돌아가실까봐
외갓집 석류나무를 바라보듯
문 앞에 누운 앞집 뉴스를
먼눈으로 읽고 또 읽어보는데

봄비는 영영 오지 않을지도 몰라

보릿고개를 간신히 넘어가며 어머니가 허리띠를 졸
라맸다
언니 얼굴에 누렇게 버짐이 피었다
중학생 까까머리 오빠가 학교에서 돌아오는 길에
남의 집 사과를 따 먹었다고 아버지께 매 맞는 저녁
이었다

아버지도 선생님도 늘 도덕을 힘주어 가르쳤지만
허기진 오빠는 그 이튿날도 사과를 따 먹었다
목침 위에 올라선 오빠의 종아리에 회초리 자국이 뻑
뻑했지만
오빠는 슬퍼 보이지 않았다
슬픔과 아픔이 다른 거라고 너무 일찍 알아 버린 걸까

둥근 밥상에 둘러앉아
도덕과 보리밥을 둥글게 비벼 먹으며 우리는 아무도
불행하지 않았다
불안하지 않았다
우리 곁에 미래가 없었기 때문이다

그건 과거야
돌아가신 엄마가 생전의 무심한 목소리로 말했지만
나는 엄마 말을 믿지 않았다

엄마는 아무것도 몰라 그쪽엔 미래가 없잖아요
애야 미래는 날씨 같은 거란다 봄비는 영영 오지 않
을지도 몰라
네 첫사랑처럼

그런데 미래가 자꾸 몸을 부풀려요 적 앞의 개구리처럼
공격을 시작하려나 봐요 개구리가 바위만큼 커졌어요
네 별명이 개구리 왕눈이잖니
엄마 과거 이야기는 이제, 그만, 지금은 희망찬 미래
의 시대예요
근데 어쩌다 내가 여기까지 와 버렸을까요

단군신화

초록이 고요하다
초록이 출렁인다
유월 새벽 산책길
바짓단을 접어 올려도 아랫도리가 온통 초록에 젖는다
쑥 냄새가 유난하다
마늘만 있으면 하마 사람이라도 되겠다
아 나는 사람이 싫은데
호랑이로 곰으로 살고 싶은데
마늘 없이 쑥 냄새만 포식했으니 반인반수쯤인가
실없는 생각을 굴리다가
온몸이 초록으로 분기탱천한 풀벌레를 밟을 뻔 했다
유월의 심장을 밟을 뻔 했다

4부

사순절에 피는 꽃

한기로 피는 꽃이 있었구나

한 남자의 피 묻은 발을 닦기 위해,

한 남자의 피 묻은 발을 감싸 안고

아낌없이 지는 꽃이 있었구나

"목련아 너 어디 있느냐"*

"예 주님 저 여기 있습니다 말씀하십시오"

하늘과 꽃의 밀담을 엿듣는 황홀한 봄이 있었구나

---

* 구약성서 「사무엘기」.

숨어서 운다

나무가 우는 줄 알았다
잎새 사이사이 초록 사이사이
작은 새들이 켜켜이 운다
한꺼번에 운다
울음이 줄줄 나무 밖으로 흘러내린다

엄마는 부엌에서 울고
언니는 광 속 어둠 속에서 울었다
나는 감나무 아래 쪼그리고 앉아 감꽃을 주우며 울었다
바람도 없는데 늙은 감나무가 한꺼번에 감꽃을 쏟은
까닭을
어린 나는 알고 있었다

순교의 계절

오늘이 그 날인 듯
한꺼번에 꽃이 무너져 내린다

나를 밟고 가라

떨어져 누운 꽃잎 꽃잎 꽃잎

신의 얼굴을 밟아야 하나
살아야 하나

시간의 칼날이 목을 겨눈다

순교와 배교 사이를 왕래하는 동안
벗나무 아래로 또 한 봄이 간다

미안해요

옛날 시가 좋았어
옛날에 참 예뻤지

옛날의 나를 그리워하는 당신 앞에
옛날의 나를 데리고 올 재간이 없어요

옛날로 가는 기차는 끊어진지 오래
나도 내가 낯설답니다

기찻길 옆에서 기차가 오는 동안 맥문동과 놀았다
보라가 좋았다

보라가 내 귀에 무언가 속삭인 것 같은데
나는 꽃의 말을 알아듣지 못하고

사람들과 휩쓸려 기차를 탔다

그 기차는 편도행이라고
다시는 돌아올 수 없다고 말했는지도 몰라

그 예쁜 옛날은 기찻길 옆에서 보라와 놀게 두고
우리는 이제 차나 마실까요
죄 없는 찻잔 속을 너무 오래 휘저은 것 같아요

찻값은 제가 낼게요
미안해요

재미없는 시

밤에 잠이 오지 않을 때는 핸드폰이나
전자기기를 가까이하지 말라고 한다
차라리 재미없는 책을 읽으면 수면에 도움이 된다는데

재미없는 책이라니! 가슴이 철렁한다

내 시집이 누군가에게 수면제 구실을 한 건 아닌가
뜨거운 라면 냄비 밑받침으로 쓴다고
분노하는 시인을 본 적이 있다

다시 생각해보면
잠 안 오는 긴긴밤
더 이상 씹을 추억도 다 떨어지고
벽시계의 초침 소리가 과거와 미래의 아픈 데만
콕콕 찔러대는데

자장자장 자장자장
내 시가, 재미없는 시가
누군가의 잠을 다독다독 다독였다면

이미 내 시는 성공한 거다
그 누군가는 단잠을 위해서라도 내 시집을
소중히 간직할 것이다

밤마다 동침하는 시
잠길에 동행하는 시

지겹도록, 비슷한

어제 날씨와 비슷하다는 오늘의 일기예보를 듣고
어제와 비슷한 옷을 골라 입는다

아파트 입구에서 만난 이웃들과
어제와 비슷한 안부를 주고받는다
별일 없으시죠

별일 없는 골목을 건너는데 오토바이가 갑자기 팝콘
처럼 튀어나온다
하마터면 어제와 비슷한 사고가 날 뻔했다
사고는 기억력이 좋다

어제와 비슷한 장을 보고 돌아오는데
철새 떼 한 무리
어제와 비슷한 하늘 쪽으로 날아간다
해 질 녘의 감정은 모두 철새와 닮았다

현관에 들어서며 불부터 켠다
빈집에 질펀하게 놀던 어둠이 바퀴벌레처럼 재빠르
게 도망간다

어디에 숨었는지 알고 있지만 모른 체한다

어제와 비슷한 표정의 식구들이 모여 밥을 먹는다
어제와 비슷한 저녁 메뉴가 맘에 들지 않는 듯

설거지를 마치자 어제와 비슷한 피곤이 몰려온다
그래도 자기 전에 시 몇 편 읽었다
어제 읽은 시와 비슷하다

어제와 비슷한 뉴스를 들으며 잠을 청하는데
헝클어진 머리칼이며 늘어진 잠옷까지 비슷한 어제가
슬그머니 곁에 와 눕는다
전생이었나?

7에 대한 트라우마

내 자궁 안에 크고 작은 일곱 개의 혹이 있대요
내가 연애한 남자의 숫자가 일곱이라고 하면
심심한 세상이 좀 재밌어질까요?
재미 없다고요
나도 없는 재미에 자궁까지 걸고 싶진 않아요
거액이 든 일곱 개의 통장이 있다고 하면
국세청에서 이를 잡듯 잡을 걸요
내 유일한 취미인 홈쇼핑의 내력까지 뒤지겠죠
옛날 옛적 우리 집 천장에 세 들어 살던
생쥐네 가족이 일곱이었을까요
7, 일곱이 나를 물고 늘어져요
자동차 번호판에서도 7만 찾아요
하나도 둘도 아니고 왜 일곱일까요
다 익은 가을에 또 태풍이 온다는데
일곱 번은 아니겠죠, 설마
예수님 버전으로 하면
일곱 번씩 일흔 번도 올 수 있지만
그건 인생의 태풍이죠
벽에 걸린 달력 속에서 7을 찾아요

한 달에 셋
일 년이면 서른여섯
자궁 속에 일곱 개의 혹이나 키우며 살고 있는
내 인생은 몇 점이나 될까요

강태공 시편

스무 편 읽고
찌르르 손맛이 오는 시 두 편 건졌다고 했더니
일 할이면 꽤 괜찮은 장사라고 한다
한나절 땡볕에 앉아 있어도
피라미 한 마리 못 건질 때 수두룩 하다고

시를 노려본 눈이 아프다
잠깐 눈 붙이는 사이 잡아 놓은 詩魚들 슬금슬금 도
망가겠지

그물이 느슨한 망태 속에 잡은 고기들 가두어 놓고
모르는 척 눈감아 주는 것도
강태공의 또 다른 손맛이라네

미늘을 물었을 때 오는 맛이나
그들의 탈출이 손끝으로 번져오는 단맛은 같은 거라
는데

종일 강둑에 앉아 시 한 편 못 건지고

오늘은 잡지 않은 고기도 놓아주었네라고
빈 일기장 속에 허풍이나 떨어 대며
두터운 어둠을 덮고 누우니

이마의 깊은 주름 속에서 찰랑찰랑 물결 소리가 나네
저 지독한 시간의 강에는 절대 낚싯대를 던지지 않겠
다고
잠꼬대처럼 중얼거리네

허무한 소문

마침내 그가 적장의 목을 베었다 적장이 무너지자 그 많은 적군들도 허무하게 무너졌다 무너진 허무들이 백기를 들고 투항했다 꽃 지는 계절이었다

휘날리는 꽃잎 속에 적들이 무릎을 꿇었다 그는 이제 허무와 한편이 되었다 백만 허무의 최고 수장이 된 것이다

전쟁은 끝나고 오랜 소원이던 평화가 왔다 다시 꽃이 피었다

적이 없는 곳엔 적의도 없다 전의도 없다 전우도 없다 투구와 갑옷에는 먼지가 쌓이고 칼은 녹이 슬었다 달 밝은 밤이면 수루에 혼자 앉아 술잔을 꺾는 일이 많아졌다 한편이 된 허무가 그의 건강을 걱정하고 심기를 염려했다 술기운에 칼을 휘둘러도 보지만 겹겹이 에워싼 허무를 도저히 떨쳐낼 수가 없었다

승자와 패자를 의심했다

꽃 지는 날이었다 녹슨 칼과 함께 그가 홀연히 자취
를 감추었다 그의 실종으로 나라가 뒤집혔지만 아무 데
서도 그를 찾을 수가 없었다

몇 번인가 꽃이 지고 다시 지고

사람들은 지는 꽃잎을 가슴으로 받아 안았다 그 꽃잎
이 허무의 다른 이름이란 걸 그때는 차마 몰랐다 홀연
히 자취를 감추는 사람들이 늘어났다 그를 찾아 떠났다
는 소문도 있지만 소문은 소문일 뿐이다

아픈 무릎이 아픈 손을 부르듯

무심히 밑줄을 그으며 책을 읽는 나를
남편이 또 무심히 바라본다 나는
남편의 뒷목이나 등허리 어디쯤
칼금을 치다 들킨 사람처럼 화들짝 놀랜다

남편의 일거수일투족에 밑줄을 그어놓고
그 밑줄이 고구마 넝쿨처럼 자라나기를 고구마 넝쿨
같은 한 시절을
무성하게 결박해 주기를 바랐던 적도 있었지만

오늘 내가 줄 친 시들
시의 급소마다 칼금이 낭자하다
조금만 손에 힘을 주어도 밑줄에서 피가 배어 나온다

밑줄 친 뉴스마다 수갑을 찼다

가을비가 공중에 일 획을 긋던 날
한 동네 은행잎이 한꺼번에 몽땅 뛰어내렸다

밑줄 그은 연애는 모두 앓거나 죽었다

비극 아래에 줄을 치는 습관이 언제부터였을까
슬픈 시마다 밑줄이 주렁주렁 변명처럼 달려있다
시에서 피를 보고야 마는 이 가학적인 습관이라니

오슬오슬 한기가 들고 미열이 난다 뜨거운 피가 고픈
것이다
뜨거운 피로 쓴 시가 고픈 것이다

5분

5분만 했는데 깜빡!
눈을 뜨니 설핏 해가 기울고 있네
또 한나절을 5분에게 도둑맞았네

5분의 유혹에 진 그 아이는
닫힌 교문을 향해
아직도 숨 가쁘게 뛰어가고 있겠지

시외버스 정류장에서 백발을 휘날리며
그때 그 사람
오지 않는 5분을 평생 기다리고 있는지도 몰라

5분의 역사는 너무 깊어
나는 그의 정부인지 인질인지

나비 같고 악마 같은 5분 앞에서는 늘 무너지지

5분만 생각해 봐
5분만 더 잘게

5분만 기다려 줘

5분이 없으면 일상이 흔들리지
우리 집 벽시계 속에는 그래서 늘 5분이 가득하다네

나는 5분을 겁 없이 받아먹고
5분을 낭비하고
무한한 5분을 무한히 탕진하고

비 맞은 여우처럼 오늘은 외로운 날
딱 5분만 외롭고 싶은데
저 관대한 5분이 날 깨우지 않네
똑딱똑딱 수백 번 해가 기울어도
5분만 5분만 외로운 5분이 끝나질 않네

벼락을 꿈꾸다

천신만고 끝에
마침내 성공한 드라마 속의 주인공
눈물 폭풍 속에 나도 찔끔
식은 눈물 한 모금 보태다가
은근히 저 성공이 부러워진다
인생에 한 번쯤 저런 역전이 있어야지
수년째 꽃 한 송이 피우지 않는
우리 집 염치없는 한란처럼
밋밋한 일상이 갑자기 지루해진다
화면 속의 붉은 열매에 군침이 돈다
군침은 의지와 상관없는 생리작용이다
그런데 저 열매를 어떻게 손에 넣나
에덴동산 금단의 사과는
하느님 몰래 따먹으면 되지만
저 성공의 열매는 천신만고라는
가파른 절벽을 올라야 하니
티브이 앞에 길게 앉아
천신과 만고와 성공 사이를 바쁘게 왕래하는데
어느새 드라마가 끝나고

탐스럽던 붉은 열매도 사라졌다
생리작용만 외로이 남아 화면 밖에서 서성인다
오늘이 입춘이었나
밤도 낮도 야구 경기도 지루한 동점이다

할매 순대 국밥집에서 속으로 생각한다

우리 동네 할매 순대 국밥집에는 정말 할매가 있다
굽은 등을 한 번 더 구부리고 순대를 썰고 국을 끓인다
굽은 등에 괜히 미안해 고개를 숙이고 순댓국을 먹는다
붕어빵에 붕어가 없듯이 할매 순대 국밥집에 할매는 없
어도 되는데, 속으로 생각한다

옆구리 터진 순대가 많아도 불평 없이 먹는다 내가
이렇게 착한 사람이 아닌데, 또 속으로 생각한다 허기
사 또각또각 젊은 아가씨가 뜨거운 뚝배기 한 그릇 툭
던져주면 무슨 맛일까 순대국밥 집에서는 속으로 생각
하는 게 많다

제목과 동떨어진 시를 써야 주목받는 시인이 된다고
세상 소식 한 꼬집 흘리고도 싶지만, 어림없다 굽은 허
리의 각도와 도마를 두드리는 부엌칼의 속도와 구불텅
대소쿠리에 용트림 틀고 앉아 주인 행세하는 순대의 표
정 사이 엄격한 규칙과 약속이 빽빽하여 도저히 비집고
들어갈 수가 없다

3시에서 세 시까지

깊은 동굴이예요
어둠이 화려한 조명등처럼 주렁주렁 매달려 있어요
오후 3시의 찻집에서 차를 마시던 사람들이
웅기중기 모여 있어요
웅크리고 앉아 제 상처를 핥아요
온몸에 덕지덕지 붙은 어둠을 핥아요
이럴 때는 짐승의 자세가 가장 좋죠
우우 소리 죽여 우는 사람도 있어요
상처의 꼬리까지 핥고 나면 희부염 동이 터요
짐승은 새벽 세 시의 동굴 속에 벗어 놓고
아침 식탁을 준비해요
비몽사몽 아침이 끝나고 나면 이제 대충 사람이 되는
거죠
약속이 있어요 찻집으로 가요
사람들을 만나 커피를 마시고 카모마일을 마시지만
우리는 알죠 다시 어둡고
습한 짐승의 시간으로 돌아가야 한다는 걸
잠 없는 새벽 3시가 말똥말똥 우리를 기다리고 있어요

막장에는 눈물이 있다

오전에 시집을 읽고 오후에 드라마 재방송을 본다

막장이다

시집인가 드라마인가

한 끗 차이다
한 끗 차이로 버스는 떠났고 권력은 이동하고

한 끗 차이로 너는 죽고 나는 살고

오전에 드라마를 보고 오후에 시집을 읽을까

한 끗 차이를 두고 갈등 한다 인생을 낭비하고 있다

인생이란 말에 울컥 눈물이 난다
눈물이 흔해지니 내 인생도 막장에 다 왔나 보다

베고니아가 겨울, 꽃을 견디고 있다

꽃을 눈물이라고 말한 시인이 있었던 것 같은데

건달처럼 건들건들 또 하루가 왔다 간다

두 얼굴의 여신과 '굽은 등'의 귀

손택수(시인)

은매화의 입술

시란 무엇인가? 에드거 앨런 포우는 아홉 개의 이름을 지 닌 '코르시아Corcyra'라고 답한다. 코르시아는 그리스의 섬 코 루푸의 옛 이름이다. 포우에 따르면 코르시아는 자유자재로 형태를 바꾸는 프로테우스 신과 같다. 여러 이명을 지닌 섬 의 입체성은 명명과 발화의 한계를 겸허히 수용하면서 미지 를 향해 열려있고자 하는 태도와 관계가 있다. 계절과 대기 의 변화 그리고 바라보는 주체의 위치에 따라 저마다의 고 유한 비경을 지니고 있는 섬은 유한한 존재가 고루한 일상 을 천변만화하는 무한의 세계로 경험하는 방식이기도 할 것이다. 하나의 초점만을 허락하지 않는 코르시아에 관하여 포우는 인상적인 이야기를 남기고 있는데 이 섬의 "진리는 은매화에 대해 아무런 감정이 없다."(에드거 앨런 포우,「운문의 본의」,『생각의 즐거움』, 하늘연못, 2004)

　진리를 좇기보다 들판에 핀 은매화의 아름다움을 좇는 이화은의 시를 읽으며 지중해의 섬이 떠오른 것은 시인의 시가 잡힐 듯 잡히질 않는 다성적인 목소리를 들려주고 있기 때문일 것이다. 잘 빚어진 항아리로서 언뜻 전통적인 서정시의 구조에 안주하고 있는 시편들처럼 보이기도 하지만 조금만 주의를 기울이면 균열이 간 조각들 사이로 새어나오는 소리로부터 익숙한 개념들로 일면화할 수 없는 목소리들이 섞여 들려온다는 것을 알 수 있다. 울음과 죄의식 그리고 상처와 웃음, 은밀한 에로티시즘과 기도의 언어가 뒤섞여 있는 시들은 우리가 익히 알고 있거나 기대하고 있는 전형적인 아름다움과 거리를 둔다. 시인은 "나를 닮은 시간은 따로 있어요/ 중고상의 선택 받지 못한 헌 가구들처럼/ 시가 되지 못한 시어들이 그 불완전한 시간들이/ 낡은 공책 속에 수두룩해요/ 직설적이고 원색적이라서 운율이 안 맞아서 애매모호해서/ 다시 말하면 깎고 다듬은 미인이 아니라서/ 버림받은 시간들이 저들끼리 놀고 있어요/ 그들만의 댄스는 화려해요/ 이런 게 문학이지 인생이지 중얼거리며/ 나도 그들과 어울려 한바탕 흔들어요"(「시간을 달라고 하셨나요」 중)라고 노래한다. '직설적이고 원색적이거나 운율이 맞지 않다'고 배제

된 버림받은 시간들에 뿌리를 내림으로써 '깎고 다듬은 미인'이 아니라 '그들만의 댄스'와 함께 미적 판단의 획일성을 춤으로 뒤흔드는 운동성이 이화은 시의 역학이라고 할 수 있겠다.

전작 시집의 표제작 「절반의 입술」에서도 시인은 '오늘도 문장이 되지 못한 죄인들이 고개를 숙이고 지나가는 고해소의 불빛을 훔쳐보면서 틀린 문법이라 십계명에 들지 못하'는 말들에 입술을 달아주고자 한다. '절반을 세로로 잘라 분홍과 보라로 루주를 칠한 채 따로따로 웃고 있는' 분열적 이미지의 입술은 고해소의 문법 너머 진리라는 개념이 닿을 수 없는 시원으로 우리를 이끌어간다. 그 시원엔 탈직선화된 시간성이 기다리고 있다. 서정시의 오래된 목젖의 떨림에 기댄 발화로서 그것은 회고 취미가 아닌가. 아니다. "'신화문자'로의 단순한 퇴보가 아니다. 반대로 그것은 직선적 모델에 종속된 모든 합리성을 신화적 문자 표기의 또 다른 형태로 또 다른 시간대로 나타나게 하는 것이다"(자크 데리다, 『그라마톨로지에 대하여』, 김웅권 옮김, 동문선, 2004, 161쪽).

귀, 세이렌의 침묵

'엿들어지는 발화'로서 서정시의 기원에는 독자의 눈이 아니라 청자의 귀가 있다. 시인의 운명을 지닌 자에게 '귀'는

특별한 감각기관이다. 웅크린 태아를 닮아서 둥근 귀는 문자 이전 혈거시대의 동굴 속에서 울려퍼지는 듯한 울림을 자아낸다. 구술언어의 공식구나 정형률 혹은 반복으로만 형식화시키지 말자. 구술문화 시대의 흔적기관으로서 '귀'가 「단군신화」의 시간대와 만날 때 "마늘만 있으면 하마 사람이라도 되겠다/ 아 나는 사람이 싫은데/ 호랑이로 곰으로 살고 싶은데/ 마늘 없이 쑥 냄새만 포식했으니 반인반수쯤인가"같은 인간과 비인간의 명확한 분류체계를 무화시키는 역동적 혼돈상이 드러난다. 어쩌면 그것은 혼돈의 얼굴에 구멍을 뚫어 죽게 만든 숙과 홀의 인위적인 행위를 비판적으로 제시한 〈장자〉 '응제편'의 이야기와 친족관계에 있는 것인지도 모른다. 노자 또한 "성인은 배[腹]를 위하고, 눈[眼]을 위하지 않는다"라고 말한 바 있다. 배는 바로 숙과 홀의 이분법적 잣대론 알 수 없는 창조적 카오스의 중심기관이다.

배는 눈이 아니라 귀와 가깝다. 눈이 아니라 귀로 바깥 세계의 일을 감지하는 뱃속의 일을 이화은은 전작 시집의 「어두운 습관」에서 이렇게 기억한다. '숨어든 광 속에서 눈을 꼭 감고 구석에 웅크리고 있으면 어둠이 따뜻한 물속처럼 편안했다. 그런데 사나운 짐승이라도 가둬놓듯 어머니는 광문에 자물통을 달아 두시곤 하였다. 나는 그 속에서 백야의 세상을 무사히 건너올 수 있는 배후의 힘을 얻었다. 사람들은 해가 져도 불을 켜지 않는 습관을 탓하지만 지금도 나는 어둠을 찍어 글을 쓴다.' '최신 의료 기기에 의해 곧잘 병명으로 낙인찍히는 이 어둠'이야말로 시인의 원형이 아닌가 싶다. 어머니는 비록 짐승을 감금하듯 어둠을 타자화하였으나 어둠 속에 웅크린 귀는 이 시인의 거의 모든 시편을 관류하는 모세혈관으로 작동한다. 시집『이명』의「귀여리 마을을 지나다」의 귀는 "잠 못 드는 어느 누구/ 한쪽 귀를 납작 붙이고/ 풋감 속에 가부좌 튼 아기 부처처럼/ 내 귀와 짝을 맞추는 여린 귀/ 은밀한 소리는 직진하지 않아/ 그가 엿들은 어둠의 누수가/ 지구를 반 바퀴 돌아 내게 당도할 때쯤/ 내가 들킨 눈물의 굽은 등은 이미 잠들고" 같은 마음의 곡선과 관계있다. 드높은 수직의 창공이 아니라 '바닥'에 청진기를 대듯 가장 낮은 자세로 귀를 붙일 때 '아기 부처처럼 짝을 맞추는 그 누군가'는 표제작「이명」에서 보이듯 "왼쪽 귓속에 더 깊은 소리의 동굴을 파고/ 사륵 사르르/ 오늘 밤도 내 왼쪽 귀는 거룩한 순교를 꿈꾸며/ 신의 무릎을 베고 잠이 드"는 신성성의 세계를 환기한다. 신성이 하필 왼쪽 귀로만 오는 것은 시선의 권력이 귀마저 위계화하고「사근사근 첫눈이」에서 보이듯 '면사무소의 국기 게양대처럼 꿋꿋하던 큰오빠를 시든 열무잎처럼' 무력하게 만든 '아홉 개의 꼬리를 감춘 여우'의 이미지로 부정되고 있기 때문이다. 비록 한쪽 귀의 결핍을 앓는 반쪽의 귀이지만 면사무소와 국기 게양대의 꿋꿋함을 좌절시킨 귀의 세계는 어린 화자의 상상세계를 가청권 바깥으로 밀어가는 엔진의 역할을 한다. 마치 세이렌의 노래라도 들려온다는 듯이 말이다. 돛대에 자신의 몸을 결박한 채 세이렌과 대결한 오딧세우스보다 사랑에 자신을 내어준 큰오빠가 어쩌면 어린 화자에겐 훨씬 더 자신에게 진솔한 문화영웅이 아니었을까.

세이렌의 노래를 듣게 되면 바다에 뛰어들어 죽음을 맞는 이야기 속엔 예술과 함께함으로써 일상의 시간대를 정지시키고 근원적인 우주의 공간으로 진입함으로써 거듭나는 행복한 죽음의 세계가 그려져 있다. 이 죽음의 세계 속에서 반녀반조의 무의식과 환타지 그리고 대자연과 여성성이 예술의 형식을 통해 등가적 관계망을 형성한다. 과학적 세계를 견인하면서 세이렌적 미신의 세계를 정복한 과정이 근대의 큰 흐름이라면, 세이렌은 합리적 이성의 형성을 방해하는 미분화적 대상에 지나지 않는다. 그리하여 세이렌과의 결별을 통해 오디세우스는 자신의 서사를 완성하게 되었다. 그러나 이 기획은 뱃사공들의 귀를 밀랍으로 틀어막아 노래로부터 거세시켰다는 점에서, 또한 돛대에 자신을 결박하는 억압을 대가로 나왔다는 점에서 사랑의 기획이 될 수 없다.

　　여자는 키스할 때마다 이 生의 마지막 입맞춤인 듯
　　눈을 꼭 감고, 애인의 입속으로 죽음처럼 미끄러져 들어
　간다는데

　　남자는 눈을 떠
　속눈썹의 떨림이며 흘러내린 머리카락이며

풍경의 변화와 춤추는 체온의 곡선까지 꼼꼼히 체크한다
고 하니

누가 시인일까

독자는 여자 편에 설 것이고
시인은 당연히 남자 편에 설 것이다

몰입의 바닥에는 시가 없다

불타는 장작을 뒤집어 불길의 이면을 읽어야 하는 남자여
불쌍한 시인이여

키스가 끝날 때까지 한 번도 눈을 뜨지 않은 시인이거든
그대 당장 독자의 자리로 옮겨 앉아야 하리
그러나 시인의 발바닥은 완전 연소의 재 한 줌도 함부로
밟지 않는다

─「詩論, 입맞춤」

시집 『미간』에 실린 이 시론시의 여자는 '별을 보고 점을
치는 예언자처럼 가장 뜨거운 시의 심장을 훔쳐 도망쳐 온'
여성 프로메테우스의 후예이기도 하다. 반면에 독자와 혼연
일체가 되어 합일로서의 죽음에 이르지 못하는 남자는 세이
렌의 노래에 매혹을 느끼면서도 정작 이성의 비판적 거리를
유지해야 한다는 근대의 강령을 떨쳐버리지 못하는 오딧세

우스다. 너도, 나도 지워진 채 새롭게 생성되는 입맞춤으로서의 시가 아니라 죽음의 공포에 떨며 분리되는 시각의 차가운 입맞춤엔 불화가 숙명인 근대시인의 안타까운 자의식이 상징적으로 그려져 있다. 카프카의 「세이렌의 침묵」에 따르면 오디세우스는 이성에 의해 구원받은 것이 아니라 그의 기획을 가슴 아파하는 세이렌의 어머니와도 같은 침묵에 의해 구원받았다. 여신의 침묵을 노래로 오인하였다는 것은 자기보존을 기획한 근대적 자아의 타자 관계방식이 그만큼 기만적이라는 것을 말해준다. 여기서, 우리는 소리로서의 자연 세계에 대한 문명의 기저에 깔린 불안과 공포를 읽을 수 있다. 그래서 시인은 "사제로부터 예수를 지키기 위해/ 신자들이 새벽부터 성당 문을 두드린다/ (중략)/ 정치인들로부터 국가를 지키기 위해/ 국민들이 하루도 빠짐없이 거리로 나선다/ 목이 터져라 외쳐도 정치의 귀는 열리지 않는다// 아름다운 시 한 편을 지키기 위해/ 독자들이 오늘 밤도 불침번을 선다"(「이 시대의 파수꾼들」 중)고 노래한다. 성당과 국가와 문학으로 제도화된 세계엔 해방도 사랑도 없다. 오직 공포의 부추김으로부터 예측 가능한 관념과 갈수록 김이 새서 더 강력한 자극에 사로잡힐 수밖에 없는 미혹된 자아만 있을 뿐이다.

관념과 자본 그리고 웃음

사제와 정치인과 전문시인들로 위계화된 사회의 특징은 관념성과 상투성이다. 거기엔 성찰이 없고, 창조도 없고, 진실한 감정도 없다. 오직 언어의 자동 반복과 소비만이 있을 뿐이다. 인간이 기계화되는 방식 중의 하나가 전문가들의 관념과 상투적 언어 사회의 삶에 스스로를 포박시키는 것이다. 이 같은 언어의 갑옷을 두르는 제도를 익히면서 억압이 시작된다. 내면화한 관습과 문화 체계 그리고 언어 시스템이 성장기에 집중되면서 누구나 성장통을 겪기 마련이다. 정도의 차이는 있겠으나 평생을 지배하는 경험이라고 할 수 있을 것이다. 상징계와의 타협과 불화 그리고 길항은 상투적 세계를 뚫고 나아가고자 하는 모든 예술가의 숙명이다. 그들은 동일화될 수 없는 이질적인 무엇, 망각되거나 버려진 무언가 끊임없이 지속되는 어떤 느낌을 고통스럽게 마주한다.

많은 여성시가 그런 것처럼 이화은 시의 근원에도 가부장적 세계의 폭력이 드러난다. 그러나 이화은의 경우 주목되지 않은 부분이 있다면 폭력이 관념의 얼굴을 하고 있으며 동시에 자본주의 시스템의 작동과 긴밀하게 얽혀 있다는 점이다. 시집 『절반의 입술』에 폭력의 양상이 집중적으로 나타나는데 가령, '친척 오빠들을 따라다니던 겨울 참새 집을 터는 일은 신나는 일이었다. 사닥다리를 타고 올라가 플래시를 비추면 눈이 부신 참새들이 짹소리 없이 끌려 나왔다. 그

손이 내 치마 속으로 가만히 기어드는 손이 되었다. 눈도 못 뜬 어린 참새들을 훔치러 온 손. 나는 울음을 한입 가득 깨물었다. 순하고 착한 아이였으니까. 한 움큼 겨울 햇살이 새털처럼 포근한 날 오늘은 울음을 참던 고 작은 계집아이나 데리고 앉아 우는 법이나 가르쳐야겠다.'는 고백이 나온다. 되새김질 자체가 참혹스러웠을 이 폭력의 양상은 곧 의심할 여지 없이 확고부동한 관념으로 내면화된다. "입술이 새빨간 여자는 다 첩인 줄 알았다// 손톱이 긴 여자는 다 첩인 줄 알았다// 뾰족구두 신은 여자는 다 첩인 줄 알았다// 녹슨 시간의 철조망을 아슬아슬 건너고 있는// 아버지의 무수한 여자들"에서 「줄장미」는 상징계의 빨간 입술과 긴 손톱과 뾰족구두라는 상투적인 이미지로 굳어져서 '녹슨 시간의 철조망'에 갇혀 있는 것이다. 무수한 차이들로 실재하며 명명 행위나 해석 행위로 단일화될 수 없는 줄장미를 가부장적 위계질서를 반영한 첩으로 주홍글씨의 낙인을 찍는 세계에 대한 비판과 자본주의 시스템에 대한 비판이 거의 동시적으로 진행된다. 흥미로운 것은 '상징에서도 썩는 냄새가 코를 찌른다'고 하면서 '넥타이 가게 앞에서 살해를 꿈꾸는'(「시집을 덮는다」) 상징계와의 전투가 '다시는 피어나지 않겠다는 듯 온몸을 꽉 꽉 여미고' 있는 「내 사랑 목백일홍」처럼 도덕적 감시의 눈으로부터 자유롭지 못한 몸의 고통을 전경화 하면서 시인 특유의 「도벽」으로 이어지게 하고 있는 것이다. 이 시인의 시집들에서 자주 반복되는 '훔치다'는 억눌린 여성성의 반작용

이다. "왕사탕도 색종이도 다 살 수 있었지만/ 훔친 돈 받고
는 안 팔 것 같아 그때부터/ 나 무지 가난하고 외로웠네 그
때부터/ 내 고무줄 팬티 속에 언제나 끈적끈적/ 비밀이 그득
했네 아직까지/ 아무에게도 그 말 못한 거 내 죄/ 너무 가벼
워질까 봐/ 용서할까 봐 용서받고/ 다시는 팬티 주름 속에
부적 같은/ 붉은 일 원짜리 죄 감추지 못할까 봐/ 못할까 봐"
같은 진술에서 알 수 있듯 시인은 교환가치로서의 돈을 부
적으로 바꾸고자 한다. 또한 사용가치가 끝나면 버려질 팬
티를 비밀의 시원으로 품고자 한다. 죄를 벗어나 가책받는
형벌로부터 자유로워지는 것이 아니라 오히려 죄를 통해 발
생된 경험의 현장을 생생하게 살아가면서 죄는 용서 받는
위선의 자동성이 아니라 성찰적 죄라는 역설을 낳는다. 훔
침으로써 자유로워지기. 속죄를 거부함으로써 덧나는 상처
를 끝없이 마주하기. 이같은 역설을 통해 평균적인 인식과
상상력을 거부하는 역동적 사유가 심화된다. 교환가치와 사
용가치가 지배하는 현실원칙이 정지되고 신화적 쾌락원칙
이 강력한 향수로서 복원될 때 죄의 역설은 소비되는 것이
아니라 새롭게 생산되는 시적 경험을 하게 한다. 웃음의 미
학 또한 이화은 시가 자율적으로 생산되는 지점에서 나온다.

　　감색 반바지에 빨간 티셔츠의 여자를 찾습니다
　　지적 장애가 있습니다

　　지하철 안내 방송이 나오자 주변 사람들이 우르르 나를

쳐다본다
    빨간 티셔츠에 나는 검정색 바지인데
    절반은 맞고 절반은 틀렸는데

    덩달아 나도 우르르 나를 살펴본다
    그러고 보니 왠지 낯설다
    내가 알던 내가 아닌 것 같다

    어디서 실종되었을까

    요즘 내 기억은 절반이 몽땅 사라지고 없다
    반신불수

    사람도 사랑도 추억도 치욕도
    폭설에 지워진 지도처럼 새하얗다
    내가 잃어버린 기억들은 어디서 나를 찾고 있는지

    다음 역에 내리면 빨간 티셔츠에 감색 반바지를 입은 내
기억이
    서 있을 것 같은데 덥석 만날 것 같은데

    우리는 바지만 바꿔 입고 또다시 철길을 달려가며
    잃어버린 절반을 찾아 끝없이 안내 방송을 할 것 같은데
                                            —「춘분」

유머는 공권력이나 공식문화가 식민화 할 수 없는 마지막

진지다. 옷차림의 유사성이 차이를 배제하는 동일성의 폭력이 되어 나를 지목할 때 나는 그 시선을 기꺼이 수용하면서 나를 점검하는 무력한 자아를 보여준다. 단순한 유머가 블랙유머로 옮겨가는 것은 수용한 상황을 전혀 다른 문맥으로 전환하는 힘으로부터 나온다. '내 안에도 저처럼 실종된 누군가 있다. 세계와 관계하는 가운데 경험한 사랑과 추억과 치욕마저 다 새하얗게 지워져버렸다. 나야말로 지적장애 여성이 아닌가.' 이같은 탐구를 가능케 하는 것이 의도적으로 선택된 화자의 무력감과 능청스러운 어조에서 온다고 하겠다. 더욱 흥미로운 것은 '지적 장애'로 낙인찍힌 여성성이 '반신불수'의 육체성과 등가에 놓임으로써 몸과 정신에 가해지는 주홍글씨의 낙인이 서로 연동되어 있음을 암시하고 있다는 점이다. '감색 반바지에 빨간 티셔츠의 지적 장애'와 '기억의 절반이 몽뚱 사라지고 없는 반신불수'의 심리적 연대는 이 시의 제목이 왜「춘분」인지에 생각이 미치면서 설득력을 얻는다. 낮과 밤의 길이가 같아지는 균형의 시간이 회복되어야 비로소 씨 뿌리는 생명의 시간도 가능하다는 함의가 배면에 깔려 있는 것으로 이해할 수 있다. 이 시의 공간이 지하철의 속도 위에서 전개되고 있다는 것이 또한 의미심장하다. 농경문화적 공동체가 깨어져서 절기의 이름만 남은 생명의 시간대가 바로 문명의 질주를 버티게 하는 '잃어버린 절반'이 아닐 것인가.

일상이라는 무한

북아메리카 대평원 어느 부족의 여인들은 날카로운 고슴도치 가시로 들소 가죽 위에 수예를 놓는다. 가시를 납작하게 펴서 부드럽게 한 뒤 염색을 하고, 그것을 구부리거나 연결하고 엮거나 꼬아서 꿰매는 작업이다. 수놓는 여인들은 예술의 어머니인 '두 얼굴의 여신'으로부터 받은 꿈이나 환각에서 자수의 내용과 형식을 취한다. '두 얼굴의 부인'에 관한 꿈을 꾸게 되면 그 이후론 어느 누구도 더 이상 그녀와 경쟁할 수 없다. 그 여인은 이제 광인처럼 행동한다. 충동적으로 웃기도 하고 전혀 예측하지 못한 행동을 하며 자신에게 접근하는 남자들을 포로로 삼기도 한다. 레비스트로스는 '두 얼굴의 여신' 이미지가 천재적인 예술가의 초상과 19세기 후반 세기말의 저주받은 시인의 이미지에 영향을 끼쳤다고 보았다. (클로드 레비스트로스, 『레비스트로스의 미학 에세이』, 동아출판공사)

예술과 광기에 관한 담론을 이끈 '두 얼굴의 여신' 전통은 한국 여성시에서도 낯익은 이미지이다. 그 계보학의 중요한 마디 가운데 이화은의 시가 빠져 있는 것이 나로서는 적이 의아한 일이 아닐 수 없다. 김승희나 최승자 혹은 김혜순의 시와 이화은의 시를 함께 읽으면 이화은이 차지한 자리가 공란으로 남은 것이 단순히 늦은 출발 때문이 아니라 비

평적 조명을 비껴간 시의 독자성 때문이라는 걸 알게 된다. 최승자 시인이 옮긴 빈센트 밀레이의 시집『죽음의 엘레지』중「진정한 마주침」이 왜 이화은 시와의 진정한 마주침을 위해 읽어야 할 필독 시로 다가오는 것일까.

"양들을 망볼 때마다/ 내 교활한 가슴은 '늑대다!' 외쳐,/ 시골 사람들을 놀라게 했다.// '늑대다! 늑대다!'-그러면 착한/ 이웃들은 깜짝 놀라, 나를 구하려고/ 삽과 쇠스랑을 가져오곤 했다.// 마침내 내 고함 소리를 모두가 알게 되었다./ 거기에 나의 해방이 있었다./ 나는 혼자서 늑대와 마주쳤다./ 그리고 평온하게 잡아먹혔다."

누구나 알고 있는 우화를 전복시키는 자리에서 놀라움이 발생한다. 지루한 위선의 언어가 더 이상 힘을 쓰지 못하게 되자 외부와의 단절이 오고 마침내 내면을 직시하는 해방의 순간이 찾아온다. 단독자의 힘으로 온전히 늑대의 본래 면목과 마주함으로써 소년은 마침내 위선으로부터는 얻지 못한 평온을 얻는다. 외면하고 싶었던 늑대를 결코 마주하고 싶지 않은 병환이나 고독 같은 것이라고 생각해보자. 아니면 무의식의 창고에 처박아둔 트라우마나 치부라고 생각해보자. 피하고 싶거나 외면하고 싶거나 배제하고 싶은 어떤 부정적인 요소들과의 정면 승부로서의 시. 여기에서 낡은 각질이 벗겨지는 고통을 기꺼게 끌어안는 신생의 몸짓이 온다. 양치기 소년이 호소한 것은 결국 거짓말에 대한 경고가 아니라 인간의 가장 근원적인 조건과의 진실한 만남이라고 하겠다. 익숙한 우화의 모형을 전복하는 즐거움을 함께 함으로써 우리는 정전이 된 해석으로부터 자유로워진다. 빈센트 밀레이는 이 자유를 위해 「성찬」이란 시에서 "나는 모든 포도나무를 마셨다./ 마지막 것이나 첫 번째 것이나 똑같았다./ 나는 갈증만큼 놀라운/ 포도주는 만나지 못했다."고 노래하기도 했다.

이 풍요의 시대에 갈증과 허기를 잘 발효된 포도주로 삼은 시인으로 살아간다는 것은 결코 녹록지 않은 일이다. 이화은 시인에게 늑대는 지루하게 나열되고 반복되는 일상의 시간이다. 시인은 "냠냠 잘 잡아먹었다 시간이라는 징한 짐승/ 시곗바늘이 원형 경기장 같은 문자판을 지친 듯 돌아가며 카악! 침을 뱉었다/ 神이 내 얼굴에 침을 뱉"(「그들이 내 얼굴에 침을 뱉었다」중) 는 치욕과 "아무것도 예방하고 싶지 않던 위험한 시절은/ 아주 멀리 흘러가 버렸나 봐요// 근데 왜 자꾸 배가 고프죠/ 시도 때도 없이 찾아오는 눈치 없는 허기"(「다만 백신 이야기」중) 같은 영혼 없는 결핍감을 감당해야 한다. 이같은 일상을 꾸역꾸역 연명하는 나는 「없는 사람」으로 사물화되어 있을 수 있을 뿐이다. 시가 나열의 도보가 아니라 시간을 응축시키고 도약케 하는 춤이라면 사랑은 지루할 수 없는 것이 아닌가. 시인은 교미를 하기 전 일주일간 단식을 단행하는 사자의 단절 행위를 이야기하기도 하나 우화를 실천하기에 너무 멀리 와버렸다. 나야말로 그토록 이탈

하고 싶었던 세계의 궤도에 안주한 채 먼지나 일으키는 질주를 하고 있는 것은 아닌가. 시인은 이제 자연스러운 노화의 흐름을 따르면서 소멸의 과정으로부터 어찌할 수 없는 삶의 진실을 수용하고자 한다. 그러나 앞서 말한 대로 은매화는 진리에 대해선 아무런 생각이 없다. 이화은 시인의 사유와 상상력이 돋보이는 지점이 여기에 있다. 시인은 요컨대, "패敗의 패貝를 취미로 모으는 사람"(「졌다」)으로서 패배를 수용할 뿐만 아니라 오히려 한 발짝 더 나아가 패배를 기꺼이 수행하고자 한다. 그것은 종국엔 죽음에 대한 명상으로 이어지는데 「기이한 오후」에서처럼 '먼 것들이 가까이 보이는 그런 나이'가 되어서만은 아니다. 「2월」에선 '멀리 버드나무에 도는 새빛'이라고 했다. 멀리 사라진 것이 새 생명으로 온다면 먼 것들의 소멸은 가까운 새빛의 신생과 연결된다.

이 과정을 통해 닿은 신대륙이 바로 「자문자답」의 일상이다. 부녀회장과 폐인 사이에 낀 심심한 시인에 지나지 않는 시인은 부녀회장과 폐인의 차이는 '깻잎 한 장' 차이에 지나지 않는다고 하면서 그 깻잎으로 장아찌를 담근다. 실패를 장아찌로 전환시키는 것이 시인의 양식이라는 뜻이다. 여기서 새롭게 만난 엄마는 부녀회장의 일상과 폐인으로서의 여성성 그리고 심심한 시인을 다 가진 시원으로 재조명된다. 가령, 「낙과를 줍다」에서 비록 매대의 조명으로부터 소외되어 있긴 하나 낙과는 어머니의 굽은 등과 시의 등가물로서 '한 번 읽고 덮'기에 급급한 소비문화의 대척점에 놓인다. '말하자면 '낙과'가 됨으로써, 즉 실패를 통해 과거로서의 시원이 아니라 있어야 할 세계로서의 시원인 일상의 세계와 새뜻하게 다시 접속하는 것이다. 일상의 차원으로 옮겨올 때 '굽은 등'은 지루하기만 했던 반복을 삶의 엄연한 질서로 승화시킨다. '적막만이 유일한 꽃으로 남은 늙은 수도사처럼 굽은 등'의 「시인 아가배」가 지리멸렬의 시간을 통과하며 만난 아름다운 풍경을 보자.

우리 동네 할매 순대 국밥집에는 정말 할매가 있다 굽은 등을 한 번 더 구부리고 순대를 썰고 국을 끓인다 굽은 등에 괜히 미안해 고개를 숙이고 순댓국을 먹는다 붕어빵에 붕어가 없듯이 할매 순대 국밥집에 할매는 없어도 되는데, 속으로 생각한다

옆구리 터진 순대가 많아도 불평 없이 먹는다 내가 이렇게 착한 사람이 아닌데, 또 속으로 생각한다 허기사 또각또각 젊은 아가씨가 뜨거운 뚝배기 한 그릇 툭 던져주면 무슨 맛일까 순대국밥 집에서는 속으로 생각하는 게 많다

제목과 동떨어진 시를 써야 주목받는 시인이 된다고 세상 소식 한 꼬집 흘리고도 싶지만, 어림없다 굽은 허리의 각도와 도마를 두드리는 부엌칼의 속도와 구불텅 대소쿠리에 용트림 틀고 앉아 주인 행세하는 순대의 표정 사이 엄격한 규칙과 약속이 빽빽하여 도저히 비집고 들어갈 수가 없다
　　　　　　　　　　　—「할매 순대 국밥집에서 속으로 생각한다」

삶의 간난신고를 다 받아낸 '굽은 등'과 그 앞에서 고개를 숙이는 화자의 경의가 겹쳐지며 '낙과'를 줍는 어머니의 세계가 새로울 것이 없는 일상을 거룩하게 성화聖化하고 있는 시다. 여기서의 반복은 얄팍한 의문으로 난도질할 수 없는 '엄격한 규칙과 약속'으로서 우리 삶을 지탱하는 삶의 고유한 숨결로 조명된다. '굽은 허리의 각도와 도마를 두드리는 부엌칼의 속도와 구불텅 대소쿠리에 용트림 틀고 앉은 순대'의 일상은 그 자체로 숭고한 것이다. '순대와 용'과의 만남은 일상과 비일상의 만남이라고 할 수 있다. 다른 세계가 이 세계의 밖이 아니라, 겸허해진 시와 함께 이 세계의 안에 존재하고 있음을 시인은 확인한다. 세계의 고착과 반복에 저항하는 전략으로서 나는 이제 '어림 없는' 낡은 세계를 지불하고 '도저히 비집고 들어갈 수 없는' 무한으로서의 새로운 세계를 받아들인다. 그리하여 우리가 마주하는 것은 미지가 된 일상의 경이다.

르네 샤르였던가. '시인은 자신 앞에 놓인 미지 없이는 살 수 없으리라'고 했던 것이. '일상을 미지로 바꾸는 일을 과업으로 삼은 시인'으로서 이화은이 「노인 7」과 같은 하염없는 풍경을 보여줄 때 나는 아득해진다. '헌 신문지를 깔아 놓고 멸치똥을 까며 마주보고 웃는 노부부의 풍경을 그냥 세월이자 평화이자 저녁이라 명명'해 줄 때 세월과 평화와 저녁의 관념은 이제 그 피상성을 벗고 실재하는 감각으로서 그리고 결여된 무한으로서 새롭게 경험된다. 그것은 마치 "내가 두고 가는 것들 중에서/ 가장 아름다운 것은 바로 태양/ 그다음으로는 밝은 별들/ 그리고 어머니 달의 얼굴이다,/ 정말 그렇다, 아 제철의 오이와/ 사과 배들도 있구나"라고 노래했던 기원전 450년경 그리스에서 활동한 여성 시인 프락실라의 시구를 닮아 있는 것처럼 보인다. '제철의 오이와 사과 배들' 곁에 굽은 등의 완전한 곡선에 이른 이화은의 시를 놓고 싶다.

이화은
경북 경산에서 태어남.
1991년『월간문학』등단.
시집『이 시대의 이별 법』,『나 없는 내 방에 전화를 건다』,『절정을 복사
하다』,『미간』,『절반의 입술』.
E-mail: shyihe@hanmail.net

서정시학 시인선 236

누가 나를 자꾸 없다고 한다

2026년 2월 26일 초판 1쇄 발행

지 은 이 · 이화은
펴 낸 이 · 최단아
편집교정 · 정우진
펴 낸 곳 · 도서출판 서정시학
인 쇄 소 · ㈜ 상지사
주 소 · 서울시 서초구 서초중앙로 18, 504호 (서초쌍용플래티넘)
전 화 · 02-928-7016
팩 스 · 02-922-7017
이 메 일 · lyricpoetics@gmail.com
출판등록 · 209-91-66271

ISBN 979-11-92580-68-5 03810

계좌번호: 국민 070101-04-072847 최단아(서정시학)
값 15,000원

* 잘못된 책은 바꾸어 드립니다.

서정시학 시인선